Caedēs in Viā Appiā:

Fābula Milōnis et Clodiī

Emma Vanderpool

ISBN: 9798551246107

CONTENTS

PREFACE

Marcus Tullius Cicero has always held a special place in my heart as some of the first "real" Latin that I got to experience and make my way through on my own. Translating his *Pro Archia* and *Pro Caelio* was powerful and reading these excerpts first in the third book of the *Ecce Romani* series was compelling. Despite this, Cicero and his orations are not inherently friendly to all beginning Latin students. In large part due to his famously long and drawn-out syntax with the added barrier of specialized vocabulary.

This project represents a pet project that allowed me to focus on one of my favorite passages of Cicero, the *Pro Milone*. While still not putting the passage at a novice or intermediate level, this project represents an experiment to allow students to have extended exposure to the necessary vocabulary words and to hopefully ease the encounter with the original text., which is included at the end of this novella. To provide additional support for students, for the authentic text, the clauses have been divided using colometry.

Cover and internal artwork were generously and beautifully completed by the artist behind Dead Romans Society, Lucrezia Diana. Many thanks to Matthew Katsenes for reading through this project and constantly pushing me to do better, more compelling work. Highest thanks as well as to Elizabeth Keitel, whose commentary on the *Pro Caelio* I loved in high school and whose Cicero course at UMASS Amherst was an absolute pleasure and honor to take.

TABULA GEOGRAPHICA

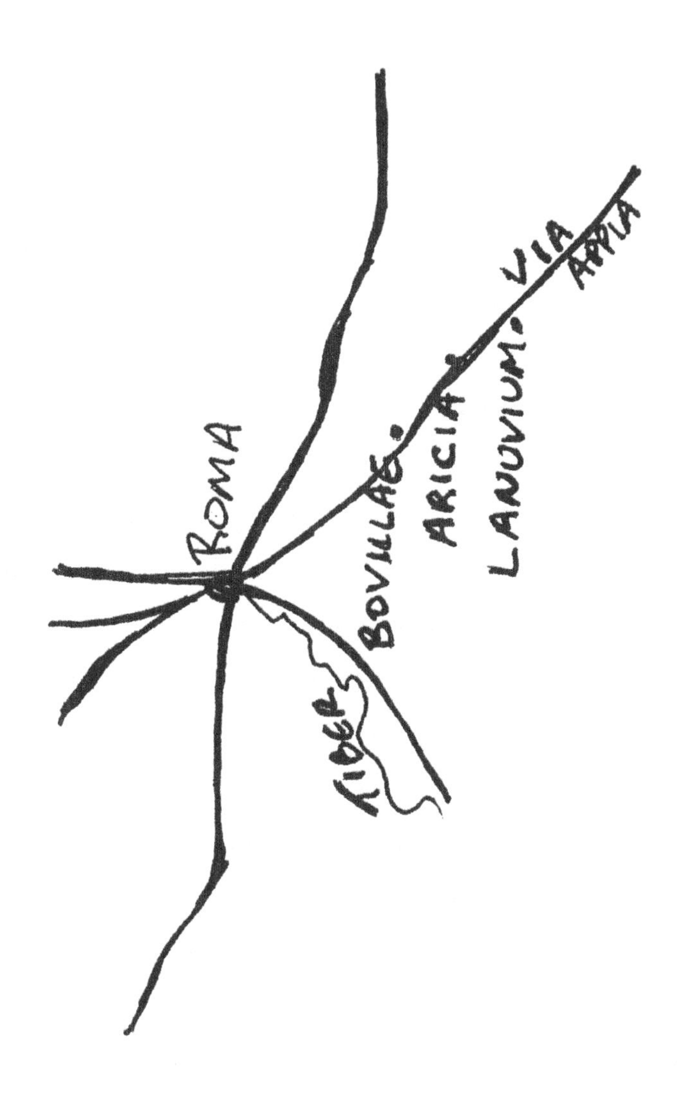

PROEM

haec est fābula dē *caede*[1] et *insidiīs*[2] in viā Appiā.

Quīntō Caeciliō Metellō Piō Scīpiōne Nāsīcā et Gnaeō Pompēiō Magnō cōnsulibus, Rōmānī contrā Rōmānōs pugnāvērunt. in Forō, Rōmānī *insidiās* contrā Rōmānōs *collocāvērunt*[3]. horribile vīsū.

corpora, quōrum togae erant sanguine rubrae, in viīs Rōmae iacēbant. senātōrēs cōnsulātum et

---

[1] *caede*: murder
[2] *insidiīs*: an ambush
[3] *collocāvērunt > con + locāvērunt*

praetūram petēbant. nōn sōlum *magistrātūs*[4] petēbant sed etiam pugnābant ut magistrātūs habērent. *occīdēbant*[5] ut potestātem auctōritātemque magnam habērent. horribile vīsū.

senātōrēs nōn sōlī sed cum suīs *factiōnibus*[6] itinera per Rōmam fēcērunt. in factiōnibus, virī gladiīs armātī erant. gladiātōrēs aliōs virōs sequēbantur, servī armātī aliōs. armātī erant quod *perīculōsum*[7] Rōmae erat et omnēs valdē timēbant. factiōnes nōn sōlum *impetūs faciēbant*[8] sed etiam alterōs *occīdēbant.* horribile vīsū.

fuērunt duo nōtī virī Rōmānī: Titus Annius Milō et Publius Clōdius Pulcher. fēcērunt id quod faciendum est, ut vītās suās -- et rem pūblicam -- dēfenderent.

---

[4] *magistrātūs*: offices
[5] *occīdēbant ~ necābant*
[6] *factiōnibus*: factions, parties
[7] *perīculōsum ~ plenum perīculōrum*
[8] *impetūs faciēbant ~ petēbant* = were making attacks, were attacking

ūnus vir cōnsulātum petēbat, alius praetūram.

ūnus senātōribus *studēbat,*[9] alius populō Rōmānō.

ūnus Pompēiō Magnō *studēbat*, alius competītōrī, Gāiō Iūliō Caesarī.

in viīs Rōmae, Milō et Clōdius cum suīs factiōnibus saepe pugnābant. tam perīculōsum erat ut *mos*[10] esset virīs iter facientibus servōs armātōs habēre. senātōrēs sine servīs per Rōmam nōn īvērunt.

ante diem xiii Kalendās Februrāriī,[11] in viā Appiā, Milō et Clōdius convēnērunt.... et nunc corpus relictum in viā Appiā iacit....

quis alterum occīdit? occīsusne est *iūre an iniūriā?*[12]

---

[9] *studēbat*: was favoring, siding with
[10] *mos*: custom
[11] *ante diem xiii Kalendās Februrariī*: on January 18th
[12] *iūre an iniūriā*: justly or illegally

I MARCUS TULLIUS CICERŌ

mihi nōmen est Marcus Tullius Cicerō. senātor Rōmānus et ōrātor sum, quī et senātum et populum Rōmānum dēfendō. nōtissimus ōrātor sum, quī rem pūblicam servāverat.

a.d. VII Id. Aprīl.,[13] nōs senātōrēs in Forō convēnimus quod ūnus ex nōbīs mortuus est. occīsus est! caesus est! corpus in viā Appiā ab *interfectōre*[14] relictum est.

---

[13] *a.d. VII Id. Aprīl. ~ ante diem VII Idūs Aprīlēs*: April 7th
[14] *interfectōre: quī necat vel occīdit*

multī virī, īrātī et perterritī, ad Forum īvērunt ut intellegerent.

quis est *interfector*, quī senātōrem *occīdit*?[15] quis est *insidiātor*,[16] quī insidiās parāvit et collocāvit? iūdicēs alloquor ut meum amīcum dēfenderem.

in Comitiō et nōn in Cūriā convēnimus quod vulgus (id est maxima multitūdō populī) in Cūriam cadāver *intulit*[17] et cremāvit. et Cūria et Porcia Basilica, quae erat prope Cūriam, igne *flagrāvērunt*![18]

"quam horribile!" Tīrō, meus amīcus, inquit. ego et Tīrō in *tectō*[19] domī stēterāmus et Cūriam flagrāntem spectāvērāmus. perterritī erāmus.

---

[15] *occīdit ~ necāvit*
[16] *insidiātor*: quī insidiās parat et collocat
[17] *intulit* > *in* + *ferō*
[18] *flagrāvērunt*: burned, blazed
[19] *tectō*: roof

vulgus corpus nūdum sed *calcātum*[20] per Rōmam *pertulit*[21] ut omnēs mortuum senātōrem vidēre possent. *vulnera*[22] omnibus *ostendērunt*.[23] multitūdō populī maxima erat! cum corpus vulnerātum et *cruentum*[24] vīdī, valdē timēbam. Rōma *perīculōsissima*[25] est. hōc tempore, etiam senātōrēs moriuntur et occīduntur.

corpus erat meī inimīcī, Publiī Clōdiī Pulchrī. Publius ipse mē in exsilium mīsit et meum domum incēndit nē revenīre possem. Publius, quī patricius fuerat, nōn senātōribus *studēbat*[26] sed vulgō Rōmānōrum.

---

[20] *calcātum*: shoe-d, wearing shoes
[21] *pertulit = per + ferō*
[22] *vulnera*: wounds
[23] *ostendērunt ~ demonstrāvērunt*
[24] *cruentum ~ sanguineum*
[25] *perīculōsa ~ plena perīculōrum*
[26] *studēbat*: was favoring, siding with

potestātem auctōritātemque[27] habēre tam valdē volēbat nē rem pūblicam dēfenderet. *gesta*[28] contrā rem pūblicam faciēbat quod sē sōlum dēfendere volēbat.

Milōnī et eius factiōnī *studeō.* quī inimīcissimus Clōdiī est, nōn vulgō sed senātōribus *studet.*

vulgus dīcit amīcum meum esse parātum ad omne *facinus.*[29] dīcit Milōnem *insidiās*[30] in viā Appiā *collocāvisse.*[31] dīcit Milōnem impetum in Clōdium fēcisse *ad caedem faciendam.*[32]

Milō Clōdium -- rē vērā -- *occīdit.*[33] collocāvitne *insidiās ad caedem faciendam*? dēfendēbatne vītam suam ā servīs Clōdiī? *iūrene an iniūriā*[34] hoc fēcit?

---

[27] *potestātem auctōritātemque*: power and authority
[28] *gesta ~ facta*
[29] *facinus*: crime
[30] *insidiās: ambush*
[31] *collocāvisse > con + locāvērunt*: placed, assembled
[32] *ad caedem faciendam*: for murder, to commit a murder
[33] *occīdit ~ necāvit*
[34] *iūre an iniūriā*: justly or unjustly

argūmentum mihi est: virōs dixisse multa dē Milōne et dē caede Clōdiī. Clōdius ā Milōne occīsus est. *iūre* occīsus est quod Clōdius ipse ad caedem faciendam insidiās collocāvit.

II TITUS ANNIUS MILŌ

mihi nōmen est Titus Annius Milō. sum vir Rōmānus, quī multōs magistrātūs habuī. nōn sōlum tribūnus plēbis sed etiam aedīlis et praetor fueram.

nunc cōnsulātum petēbam ut ego cōnsul *potestātem auctōritātemque*[35] magnam habērem. meī competītōrēs, Publius Plautius Hypsaeus et Quintus Metellus Scīpiō, *studēbant*[36] Clōdiō.

---

[35] *potestātem auctōritātemque*: power and authority
[36] *studēbant*: was favoring, siding with

meus amīcissimus erat Marcus Tullius Cicerō, quī cōnsul fuerat et rem pūblicam ā Catilīna servāverat. Catilīna vir horribilissimus fuerat. ad *facinus*[37] pessimum sīc parātus fuerat ut contrā rem pūblicam *coniūrātiōnem*[38] faceret.

quamquam Cicerō prō salūte reī pūblicae *gesta*[39] fēcit, Clōdius Cicerōnem in exsilium mittere voluit! Clōdius senātuī dīxit Cicerōnem -- nōn Catilīnam -- *insidiās*[40] contrā rem pūblicam collocāvisse!

senātus Rōmānus tam perterritus erat ut Cicerōnem in exsilium mitteret. postquam Cicerō in exsilium īvit, Clōdius domum eius incēndit nē domum redīre posset! Clōdius horribilis vir erat.

---

[37] *facinus*: crime
[38] *coniūrātiōnem:* conspiracy
[39] *gesta* ~ *facta*
[40] *insidiās*: ambush, treachery

auxilium meō amīcō ferendum erat. ego, tribūnus plēbis, senātum Rōmānum allocūtus sum ut Cicerōnem ex exsiliō revocāremus.

ego et Cicerō rem pūblicam dēfendimus. Clōdius sē sōlum dēfendere -- rē vērā -- volēbat.

Clōdius clāmāvit sē rem pūblicam cūrāre. nec rem pūblicam nec populum Rōmānum dēfendere volēbat. *studēbat*[41] vulgō, quī *perīculōsus*[42] est. quod *ego fēcī ut*[43] senātus Rōmānus Cicerōnem ex exsiliō revocāret, Clōdius īratus factus est!

argūmentum mihi est. Clōdius tam īratus erat ut insidiās collocāre et *facinus*[44] horribile committere vellet! ad omne *facinus*, *iūre et iniūriā*,[45] parātus est.

---

[41] *studēbat*: was favoring, siding with
[42] *perīculōsus* ~ *plenus periculōrum*
[43] *ego fēcī ut*: I made it so that . . .
[44] *facinus*: crime
[45] *iūre et inūriā*: justly and unjustly

III INSIDIAE CLŌDIĪ

ego et uxor mea, Fausta, domī dormiēbāmus. in lectō meō iacēns, *tumultum*[46] magnum extrā domum audīvī. quamquam urbs *perīculōsa*[47] erat, scīvī tam magnum *tumultum* prope domum *inūsitātum*[48] esse. quid audīvī? meum domum intrāverant! erantne *latrōnēs*?[49] erantne *interfectōrēs*?[50]

---

[46] *tumultum:* commotion, uproar
[47] *perīculōsa ~ plena perīculōrum*
[48] *inūsitātum*: unusual, uncommon
[49] *latrōnēs ~ quī ab aliīs eripiunt*: thieves
[50] *interfectōrēs ~ quī necant vel occīdunt*

prope lectum meum, gladium habuī. timuī nē inimīcī servōs mitterent ad mē occīdendum. dē lectō *dēsiluī*[51] et gladium *destrīnxī*.[52] "Fausta!" clāmāvī et ad conclāve eius *accurrī*.[53] Fausta timēns latēbat. ante uxōrem meam, Faustam, stētī ut eam dēfenderem.

subitō servī gladiīs *cīnctī*[54] conclāve intrāvērunt! ūnum ex servīs cōgnōvī; servī meō inimīcō Clōdiō erant. intellēxī quis *insidiātor*[55] pessimus esset. Clōdius, meus inimīcissimus, domī meō *insidiās*[56] collocāverat.

ācrī[57] animō ego clāmāvī, "ubi est tuus dominus? estne tuus dominus tam perterritus ut nōn ipse contrā mē pugnet?"

---

[51] *dēsiluī* > *dē* + *saliō*
[52] *destrīnxī*: I drew
[53] *accurrī* > *ad* + *cucrrō*
[54] *cīnctī* = *armātī*
[55] *insidiātor*: quī insidiās parat et collocat
[56] *insidiās*: ambush, treachery
[57] *ācrī*: with a strong, fierce (mind)

deinde gladiātōrēs meī, Birria et Eudamus, conclāve intrāvērunt. Birria et Eudamus, quōs omnēs Rōmānī cōgnōsere possunt, gladiātōrēs nōtissimī erant. cum servī Clōdiī gladiātōrēs vidissent, aliī *impetum fēcērunt.*[58] aliī perterritī ā conclāve celeriter fūgērunt.

domō meō *pugna orta est.*[59] nunc cadāvera sanguine rubra in terrā iacēbant. horribile vīsū! Clōdius ipse servōs domum meum mīserat ad caedem faciendam!

fēlīcēs erāmus; nec ego nec Fausta vulnerātī sumus. gladiātor Birria nōn occīsus est sed vulnerātus. (etiam īratus factus erat.) *facinus*[60] horribile erat!

argūmentum mihi est: Clōdius insidiātor est. . . .

---

[58] *impetum fecērunt ~ petīvērunt* = made an attack
[59] *pugna orta est*: a fight had begun, arisen
[60] *facinus*: crime

insidiātor erat, quī insidiās contrā mē iterum collocāre poterat. iterum iterumque occāsiōnēs erunt. eō diē, fēlīcēs fuerāmus sed mihi parandum est. vita mea ā telīs et ab *audaciā*[61] inimīcōrum dēfenda est.

[61] *audaciā*: audacity, insolence

IV ITER MILŌNIS

a.d. xiii Kal. Febr.,[62] postquam senātus dīmissus erat, ego domum redīvī ut calceōs et vestīmenta mūtārem. nōlēbam esse in raedā togātus, sed *paenulātus*.[63] iter *rūs*[64] faciendum est. quamquam in urbe consulātum petēbam, dictātor in oppidō, Lānuviō, iam eram. posterō diē, *flāmen prōdendus erat.*[65]

---

[62] *a.d. xiii Kal. Febr.* January 8th
[63] *paenulātus*: cloaked
[64] *rūs ~ ad rūrem*
[65] *flāmen prōdendus erat:* a priest had to be appointed, I had to appoint a priest

uxor etiam vestīmenta mūtābat et sē comparābat. hoc celeriter nōn faciēbat quod ānxia erat. quam ob rem, nōs *commorātī sumus.*[66]

"nōlō iter Lānuvium facere," Fausta ānxia inquit. "Rōma *perīculōsa*[67] est. inimīcī domum nostrum intrāvērunt et nōs petīvērunt! via Appia *perīculōsior* est! in viā Appiā, *interfectōrēs*[68] et *latrōnēs*[69] latent quod sciunt multōs nōtōs iter in viā facere."

"intellegō sed iter necessārium est," respondī. "cum iter lēgitimum et sollemne sit, nullī latrōnēs *impetum* in nōs *facient.*[70] rē vērā -- *perīculōsum* est sed nōs raedā *vehēmur.*[71] magnum *agmen*[72] servōrum nōs sequētur, inter quōs Eudamus et Birria erunt. omnēs gladiīs *cingentur.*[73]

---

[66] *commorātī sumus* > *cum* + *morior*
[67] *perīculōsa* ~ *plenum periculōrum*
[68] *interfectōrēs* ~ quī necat vel occīdit
[69] *latrōnēs* ~ *quī ab aliīs eripiunt*: thieves
[70] *impetum facient* ~ *petent* = will attack
[71] *vehēmur* ~ *feruntur (ferō, ferre)*
[72] *agmen*: line, column
[73] *cingentur* ~ *armābuntur*

"iter longum nōn erit. nōlī timēre, mea Fausta."

vestīmentīs mūtātīs, ab urbe *profectī sumus.*[74] Marcus Fufius, *familiāris,*[75] nōbīscum etiam *profectus est.* nōn sōlum servōs armātōs habuimus sed etiam magnum *impedītum comitātum.*[76] in comitātū erant ancillae et puerī, quī nōn pugnant sed domum cūrant. ad vītās dēfendendās parātī sumus, sed nōn ad pugnandum.

cum oppidum Lānuvium *rūrī*[77] esset, nōs nōn multōs iter facientēs *praeteriimus.*[78] aliī raedā vehēbantur, aliī equīs. aliī multōs servōs habuērunt, aliī nullōs. omnēs latrōnēs timēbant.

erat hōrā *ferē*[79] ūndecimā. paulō ultrā oppidum, Bovillās, erāmus.

---

[74] *profectī sumus*: we set off, departed
[75] *familiāris* ~ *amīcus*
[76] *impedītum comitātum*: loaded down company/retinue
[77] *rūrī*: in rūre
[78] *praeteriimus*: we passed
[79] *ferē* ~ *paene*

"cavēte!" *raedārius*[80] clāmāvit. erant trēs virī, quī in equīs vehēbantur, et servī xxx *expedītī*[81] virōs sequēbantur. ut, hōc tempore, *mos*[82] erat virīs iter facientibus, gladiīs *cīnctī*[83] erant. pugnāre parātī sunt.

argūmentum mihi est: nōs ante *fundum*[84] Clōdiī erāmus. dē meō itinere necessāriō et lēgitimō audīverat. quam ob rem, Clōdius *facinoris*[85] locum tempusque scīvit. hoc sciēns, Clōdius nōn sōlum in hōc locō latuerat sed etiam insidiās collocāverat.

---

80 *raedārius: quī raedam agit*
81 *expedītī ~ parātī pugnāre*
82 *mos*: custom
83 *cīnctī ~ armātī*
84 *fundum*: farm
85 *facinoris*: of the crime

V INSIDIAE CLŌDIĪ II

mea uxor, Fausta, rectē dīxerat *interfectōrēs*[86] et *latrōnēs*[87] in viā Appiā latēre. Fausta dē itinere rectē timēbat.

occurrimus[88] meō inimīcō, Clōdiō, et tribus *comitibus*.[89] istum *insidiātorem*[90] -- rē vērā -- cōgnōvī, quī *insidiās*[91] mihi iterum iterumque collocāverat.

---

[86] *interfectōrēs* ~ *quī necat vel occīdit*
[87] *latrōnēs* ~ *quī ab aliīs eripiunt*: thieves
[88] *occurrimus* ~ *convēnimus*
[89] *comitibus* ~ *amīcīs*
[90] *insidiātor*: *quī insidiās parat et collocat*
[91] *insidiās*: ambush, treachery

ūnus ē comitibus erat eques Rōmānus, Gaius Causinius Schola. duo erant plēbēs nōtī, Publius Pompōnius et Gaius Clōdius.

Clōdius, gladiō *cīnctus*,[92] *expedītus*[93] erat. quamquam in *fundō*[94] fuerat et Rōmam redībat, Clōdius nullīs *impedimentīs*[95] erat! nōn sōlum cum nullīs Graecīs comitibus erat, sed etiam sine uxōre erat. Clōdius *ferē*[96] numquam sine uxōre erat. rē vērā -- parātus in *imparātōs*[97] erat.

Clōdium et comitēs spectantēs, nōs inimīcōs *praeteriimus*[98] et nihil dīximus. ego Clōdium spectāvī. Clōdius mē spectāvit. nihil dīximus.

subitō in ultimō āgmine, servī *rixam commīsērunt.*[99]

---

[92] *cīnctus ~ armātus*
[93] *expedītus ~ parātus pugnāre*
[94] *fundō*: farm
[95] *impedimentīs*: luggage
[96] *ferē ~ paene*
[97] *imparātōs ~ nōn parātōs*
[98] *praeteriimus*: we passed
[99] *rixam commīsērunt*: made a charge

quī *rixam committere* coepērunt? nōn erant meī! cūr pugna *orta est*?[100] servī Clōdiī *impetum fēcērunt*[101] quod dominus insidiās mihi parāverat.

dē *superiōre*[102] locō, *complūrēs*[103] telīs *impetum fēcērunt*, aliī gladiīs. cum in superiōre locō essent et nōs in raedā essēmus, nōn erat difficile eīs nōs petere. *raedārium*[104] meum telō *occīdērunt*![105] fugere nōn iam poterāmus.

nihil malī fēcī; Clōdius *facinus*[106] commīserat. iter sollemne et lēgitimum fuerat! factiō Clōdiī *impetum* iterum iterumque fēcerat. *impetūs* nōn iterum facient.

servōs meōs relinquere nōluī. pugnāre voluī.

---

[100] *orta est*: began, arose
[101] *impetum fēcērunt* ~ *petīvērunt* = attacked
[102] *superiōre*: higher
[103] *complūrēs* ~ *multī*
[104] *raedārius*: *quī raedam agit*
[105] *occīdērunt* ~ *necāvērunt*
[106] *facinus:* crime

reiectā paenulā,[107] dē raedā *dēsiluī*[108] ad pugnandum. "*vōs recipite*[109] Rōmam," Marcō clāmāvī. cum Marcus animō fīdelī familiāris esset, cum meā uxōre in raedā fūgit. Fausta mē rēspiciēns raedā *vecta est*.[110]

aliī servī Clōdiī ad raedam meam recurrērunt ut impetum *ā tergō*[111] facerent. aliī, putantēs mē interfectum esse, *comitātum*[112] meum *cēcidērunt*.[113] in meō *comitātū* erant nōn sōlum servī armātī sed etiam puerī et ancillae innocentēs. vulgus Clōdiī omnēs petēbat et caedēbat. horrībile vīsū.

quī animō fīdelī fuērunt, nōn fūgērunt. aliī occīsī sunt. aliī auxilium mihi ferre voluērunt sed nōn poterant. dominō *succurrere*[114] prohibērentur.

---

107 *reiectā* ~ *re+iaciō*, *paenulā* = cloak
108 *dēsiluī* > *dē+saluī*
109 *vōs recipite* ~ *revenīte!*
110 *vecta est* ~ *lata est*
111 *a tergō*: from behind
112 *comitātum*: company, retinue
113 *cērunt*; slaughtered
114 *succurrere* ~ *auxilium ferre*

fortēs contrā virōs Clōdiī pugnābant et innocentēs dēfendēbant sed difficile erat.

Eudamus et Birria erant gladiātōrēs nōn sōlum nōtī sed etiam fortēs. impetum in Clōdium ipsum fēcērunt. quamquam insidiās in viā collocāverat, servī fortēs nōn erant. multī fugiēbant. Clōdius timēns clāmāvit mē interfectum esse. cum multī fugerent, Birria umerum Clōdiī *rumpiā*[115] *trāiēcit.*[116] meam vītam dēfendēbant. suās vītās dēfendēbant. Clōdius *iūre*[117] vulnerātus est.

Clōdius ad proximam tabernam dēlātus est.

nunc fugere poteram sed puerōs ancillāsque vulnerātōs et mortuōs relinquere nōlēbam. auxilium vulnerātīs ferēns, clāmāvī, "sequere Milōnem!" Birria et Eudamus ad tabernam *profectī*

---

[115] *rumpiā*: Thracian spear-sword
[116] *trāiēcit*: pierced
[117] *iūre* = justly

sunt,[118] quōs nōn multī servī sequēbantur. quamquam perterritus et ānxius eram, *mē recēpī*[119] ad Rōmam.

argūmentum mihi est. intellēxī, Clōdiō vīvō, perīculōsius futūrum esse. meō inimīcō occīsō, *sōlācium*[120] magnum habēre possim. insidiās parāre nōn iam possit.

[118] *profectī sunt*: they set off, departed
[119] *mē recēpī* ~ *revēnī*
[120] *sōlācium*: relief

VI SEXTUS TEIDIUS

mihi nōmen est Sextus Teidius. ego sum vir Rōmānus, quī senātor est. ego numquam praetūram aut cōnsulātum petīvī. nōtus nōn sum.

quod nōn sōlum domum sed etiam *fundum*[121] prope oppidum Lānuvium habuī, iter in viā Appiā saepe faciēbam. saepe *rūre*[122] in urbem revertēbar. in viā Appiā, nullīs *impedimentīs*[123] iter faciēbam quod iter longum nōn erat et *latrōnēs*[124] latentēs timuī. quamquam nōtus nōn eram, multa habeō.

[121] *fundum*: farm
[122] *rūre ~ ab rūre*
[123] *impedimentīs*: baggage
[124] *latrōnēs ~ quī ab aliīs eripiunt*

in itinere, nihil habuī, quod *ēripī*[125] poterat.

ante diem xiii Kalendās Februrāriī, *profectus sum*[126] ut ad urbem redīrem. eō diē, nōn equō *vehēbar*[127] sed lectīcā. quod sunt multī *latrōnēs* in viā Appiā, aliī servī ducēbant agmen et aliī post lectīcam sequēbantur. illō tempore, ut *mos*[128] erat, omnēs armātī erant. sē dēfendere et pugnāre parātī sunt.

subitō ūnus ē servīs clāmāvit, "ego aliquid in viā videō!"

cum lectīca praeteriēbat, corpus vīdī! horribile vīsū. nōn semel, nōn bīs, sed deciēns vulnerātus erat. hōc tempore, multa corpora, quōrum vestīmenta erant sanguine rubra, Rōmae iacēbant. sed, in viā Appiā? timēns dē lectīcā *dēsiluī*[129] ut corpus vidērem. cadāver in viā iacēns cōgnōvī.

---

125 *ēripī = ex + rapiō*
126 *profectus sum:* I set off, departed
127 *vehēbar ~ ferēbar (ferō, ferre)*
128 *mos* = custom
129 dēsiluī = *dē + saliō*

nōtissimus senātor erat.

"est cadāver Clōdiī!" clāmāvī. "est corpus Publiī Clōdiī Pulchrī! vidētisne factiōnem Clōdiī?"

cum servī hoc audīvissent, gladiōs *dēstrīnxērunt.*[130] nullōs in viā vīdimus. erat taberna paulō ultrā nōs; ego vīdī *oppidānum*[131] Bovillārum ad tabernam recurrere. nullī ē factiōne Clōdiānō erant.

cadāver *cruentum*[132] Clōdiī vīdens, ego valdē timēbam nē factiōnes pugnārent. perterritus eram nē urbs *flagrāret.*[133] factiōnes Clōdiī et Milōnis in viīs iterum iterumque pugnābant. quid accidet nunc? nōn accidet prope meum *fundum*[134] sed Rōmae.

---

[130] *dēstrīnxērunt*: they drew
[131] *oppidānum*: vir, quī in oppidō habitat
[132] *cruentum* ~ *sanguineum*
[133] *flagrārent*: burn, blaze
[134] *fundum*: farm

"perferte Clōdium Rōmam!" clāmāvī. "ego ad fundum meum redībō."

servī lectīcam ā factiōne Milōniānā dēfendere nolēbant quod anxiī erant. sī senātōrem nōtissimum *occīdērunt*,[135] servōs -- rē vērā -- *occīdent*. servī meī timēbant sed nihil dīxērunt.

ūnus ē servīs corpus Clōdiī in lectīcam imposuīt et sustulit. imperāvī ut aliī servī lectīcam secūtī sint et aliī agmen ducerent. deinde Rōmam profectī sunt.

stētī et lectīcam Clōdium perferentem spectāvī. deinde domum *mē recēpī*.[136] dē Rōmā et rē pūblicā valdē timēbam. ad fundum meum et ad uxōrem meam celeriter recurrī.

---

[135] *occīdērunt ~ necāvērunt, occīdent ~ necābunt*
[136] *mē recēpī ~ revēnī*

argūmentum mihi est. id quod facere possem, fēcī. multum facere nōn poteram sed senātōrī *succurrī*.[137]

[137] *succurrī* ~ *auxilium ferre*

VII FULVIA

mihi nōmen est Fulvia. sum fēmina Rōmāna, uxor Publiī Clōdiī Pulchrī. senātor nōtissimus fuerat, quī populō Rōmānō studēbat. meus vir *potestātem auctōritātemque*[138] magnam habuit quod multōs in factiōne habuit. quam ob rem, ego, fēmina Rōmāna, *potestātem auctōritātemque* habuī.

Milō inimīcus Publiō erat quod Cicerōnem ex exsiliō revocāverat. Cicerō inimīcissimus nōbis fuerat. Milō insidiās in Forō collocāverat ut factiōnes pugnārent.

---

[138] *potestātem auctōritātemque:* power and authority

iterum iterumque impetūs in nōs faciēbant quod Milō *ineptus*[139] est. putāvit Clōdium vīvum perīculōsiōrem esse.

mortuus perīculōsissimus est.

ante prīmam noctis hōram, mea ancilla audīvit raedam domum redientem. nōn erat raeda nostra; Clōdius equō ad Arriciam *vectus est.*[140] quem raeda domum nostrum perfert?

cum Clōdium in raedā inspexissem, *flēbam.*[141] et flēbam. et flēbam. quis facinus fēcerat? scīvī quis meum virum superāvisset. erat iste Milo.

nunc occāsiō tempusque mihi est ut potestātem auctōritātemque habērem. imperāvī ut in ātriō domūs corpus positum sit. ūnum ē factiōne mīsī ut fābulam dē Clōdiō omnibus narrāret.

---

139 *ineptus*: fool
140 *vectus est* ~ *latus est*
141 *flēbam* ~ *lacrimābam*

posterō diē, lūce prīmā, multitūdō et complūrēs nōtī virī extrā domum convēnērunt. *flēvī*[142] et omnēs mēcum stetērunt. imperāvī ut servī togam removērent. omnibus vulnera ostendī. nōn semel, nōn bīs, sed deciēns vulnerātus est. horribile vīsū. et togam sanguine rubram ostendī ut omnēs contrā Milōnem essent.

"meus Clōdius dīcēbat iterum iterumque Milōnem occīdendum!" clāmāvī. "sed nunc Milō meum Clōdium *iniūriā cecīdit*![143]

"Clōdius vōbis studuit et nunc mortuus est. *caedēs*[144] contrā rem pūblicam facta est. *insidiātor*[145] est! *interfector*[146] est! nōn prō salūte reī pūblicae facinus commīsit. nōn prō populō Rōmānō facinus commīsit, sed prō sē!"

---

142 *flēvī ~ lacrimāvī*
143 *iniūriā cecīdit*: unjustly slaughtered
144 *caedēs*: slaughter, murderous attack
145 *insidiātor: quī insidiās parat et collocat*
146 *interfectōr: quī necat vel occīdit*

eīs *hortantibus*,[147] *agmen*[148] virōrum īrātum fēcī ut corpus in lectō positum sit et cadāver ad Forum intulerint. omnēs dē *caede* Clōdiī audient. omnēs dē facinore horribilī Milōnis audient. nōn est difficile studēre mortuīs.

clāmantēs virī *tumultum*[149] magnum per urbem fēcērunt. aliī iam latēbant, aliī vītās dēfendere parābant. omnēs Rōmānī perterritī et anxiī erant.

per viās cadāver nūdum sed *calcātum*[150] attulērunt ut omnēs vulnera vidērent.

"Milō *insidiātor*[151] est! interfector est," per urbem clāmāvērunt et Clōdium in rostrīs cremāvērunt. et Cūria et Porcia Basilica igne flagrāvērunt. Milō nōn fūgit sed domī latuit. Clōdiō mortuō, perīculōsissimum erat.

---

147 *hortantibus*: by encouraging
148 *agmen*: line, column
149 *tumultum:* commotion, uproar
150 *calcātum*: shoed, wearing shoes
151 *insidiātor*: *quī insidiās parat et collocat*

argūmentum mihi est. Clōdiō mortuō, nunc ego potestātem auctōritātemque magnam habuī. hoc sciō et intellegō *vulgum*[152] uxōrem *flentem*[153] studēre.

[152] *vulgum: maxima multitūdō populī*
[153] *flentem ~ lacrimantem*

VIII INSIDIAE MILŌNIS

mihi nōmen est -- erat -- Publius Clōdius Pulcher. volō narrāre fābulam dē *caede*[154] -- meā *caede* -- et insidiīs, quās meus inimīcus collocāvit.

servī Milōnis intrāvērunt tabernam, in quā ego dormiēbam. aliī servī, quī nōn vulnerātī erant, fūgerant. servī, quī nōn fūgērunt et nōn mortuī erant, corpus meum ad tabernam pertulerant.

fundus[155] meus nōn paulō ultrā taberna erat. caupōna tabernae erat amīcus meus, quī nōn meīs

---

[154] *caede*: murder
[155] *fundus*: farm

competītōribus studēbat sed factiōnī. quam ob rem, mē ad tabernam *vēxērunt.*[156]

rumpiā[157] vulnerātus, in lectō iacēbam. putāvī mē Rōmam reventūrum esse. putāvī mē senātum allocūtūrum esse et dē insidiīs dictūrum esse. volēbam facere ut *poena* Milōnī *subeunda esset.*[158]

mē vīvō, urbs Rōma perīculōsior erat.

tumultum[159] extrā tabernam subitō audīvī. perterritus eram quod in umerō meō *trāiectus eram*[160] et pugnāre nōn poteram. meam vītam dēfendere nōn poteram. quī nōn fūgerant, vulnerātī erant et mē ā hostibus dēfendere nōn poterant. sē ab *audaciā*[161] inīmicī dēfendere nōn poterant. sē ab telīs dēfendere nōn poterant.

---

[156] *vēxērunt ~ tulērunt (ferō, ferre)*
[157] *rumpiā:* Thracian spear-sword
[158] *poena . . . subeunda sit:* punishment must be undergone by . . . ; must be punished
[159] *tumultum:* commotion, uproar
[160] *trāiectus eram:* I had been pierced
[161] *audaciā:* audacity, insolence

quid faciam? quid facere possim?

caupōnam clāmantem audīvī. "insidiātorēs!" clāmāvit, "interfectōrēs in tabernā meā sunt! auxilium ferte!"

aliquid ad terram cadentem audīvī et clāmantēs virōs et fēminās audīvī. in lectō iacēns, nihil facere poteram. perterritus eram.

in urbe Rōmā clāmāveram et clāmāveram et clāmāveram.

clāmāveram mē cōnsulātum Milōnī *ēripere*[162] nōn posse sed vītam *ēripere* posse. nōn rectē dīxeram.

nunc Milō nōn sōlum cōnsulātum sed etiam vītam meam *ēripere* poterat. clāmāveram Milōnem occīdendum. fuerant multae occāsiōnēs ad mē interficendum. nunc tempus et occāsiō eī erat.

---

[162] *ēripī* > *ex* + *rapiō*

difficile erat sed ā lectō *dēsiluī*[163] et gladium meum *destrīnxī.*[164] pugnāns *morī*[165] volēbam. quamquam servī vulnerātī timēbant, fīdelī animō mē dēfendērunt.

cōgnōvī gladiātōrēs nōtissimōs, Birriam et Eudamum. scīvī Milōnem, inimīcissmum meum, interfectōrēs mīsisse ad mē caedendum.

mea toga sanguine meā rubra erat. quamquam valdē timēbam, *ācrī*[166] animō clāmāvī: "ubi est tuus dominus? ubi est Milō? ego contrā Milōnem ipsum pugnāre volō."

Birria et Eudamus nihil dīxērunt. aliōs servōs occīsērunt. aliī vulnerātī latuērunt sed occīsī sunt. interfectōrēs pessimī erant. quod mē dēfendere nōn poteram, gladiātōrēs mē ē tabernā

---

163 *dēsiluī* > *dē* + *saliō*
164 *destrīnxī*: I drew
165 *morī*: to die
166 *ācrī*: strong, fierce

extrāxērunt. aliōs mē dēfendere nōluērunt.

"ubi est Milō?" rogāvī. "estne Milō tam perterritus ut ipse mē nōn necāre posset?" Eudamus mē in terram *cōniēcit*[167] et Birria gladium destrīnxit. timēns et in terra iacēns, gladiātōrēs spectāvī.

"vīvus tū es perīculōsus," Birria inquit. "insidiās iterum iterumque parāvistī et collocāvistī. tē mortuō, meus dominus *potestātem auctōritātemque*[168] magnam habēbit. tē mortuō, rem pūblicam servāre poterimus. urbs nōn iam perīculōsa erit. hoc nōs intellegimus."

cum hoc dīxisset, Birria mē gladiō occīdit. mē cecīdit. nōn semel, nōn bīs sed deciēns meum corpus trāiēcī nē vulnerātus essem. multīs vulneribus cōnfectus sum.

---

[167] *coniēcit*: threw, hurled

[168] *potestātem auctōritātemque*: power and authority

deinde gladiātōrēs cadāver meum in viā Appiā relinquit ut omnēs itinera facientēs mē vidēre possent. omnēs poterant intellegere factiōnem Milōnis mē superāvisse.

argūmentum mihi est. ego, Publius Clōdius Pulcher, mortuus eram. nōn *iūre sed iniūriā*[169] occīsus eram.

[169] *iūre sed iniūriā*: not justly but injustly

IX ITER CLŌDIĪ

in viā Appiā, quae ad urbem Rōmam dūcit, multa oppida sunt. prope oppidum, nōmine Bovillās, fundus meus erat.

a.d. xiii Kal. Febr.,[170] Rōmam iter necessārium et lēgitimum faciēbam. rediēbam ab Arīciā, quae est oppidum prope Rōmam. quod *decuriōnēs*[171] Arīcinōrum allocūtus eram, sine uxōre iter faciēbam. nōn raedā sed equō *vehēbar*[172] quod Arīcia prope Bovillās et fundum meum erat.

---

[170] *ante diem xiii Kalendās Februrariī:* on January 18th
[171] *decuriōnēs*: town councilmen
[172] *vehēbar ~ ferēbar (ferō, ferre)*

rē vērā -- eram *ferē*[173] *expedītus.*[174] latrōnēs et inimīcī in viā latēbant. iter facere perīculōsum erat sed iter longum nōn erat. quam ob rem, nullīs *impedimentīs*[175] eram ut latrōnēs nihil *ēripere*[176] possent. sine uxōre eram quod domī erat.

cum meīs *comitibus*[177] -- Gāiō Causiniō Scholā, Publiō Pompōniō et Gāiō Clōdiō -- iter faciēbam. armātī servī XXX, quī nōs ab inimīcīs dēfendēbant, sequēbantur. hōc tempore, *mos*[178] erat iter facientibus armātōs servōs habēre.

circā hōram nōnam, ante meum fundum, raedam spectāvī. multī servī armātī et duo gladiātōrēs raedam sequēbantur. aliī servī telīs *cīnctī sunt,*[179] aliī gladiīs. gladiātōrēs nōtissimōs, Birriam et Eudamum, cōgnōvī. raedam cōgnōvī.

---

173 *ferē ~ paene*
174 *expedītus ~ parātus pugnāre*
175 *impedimentīs*: luggage
176 *ēripī = ex + rapiō*
177 *comitibus ~ amīcīs*
178 *mos*: custom
179 *cīnctī sunt ~ armātī*

ista raeda Milōnis erat!

vīdī Milōnem, uxōrem eius, et alium virum, quem nōn cōgnōvī. cum praeterierimus, nihil dīcēbāmus. deinde *tumultum*[180] magnum audīvī. mē revertī ut *tumultum* vidērem. cūr *pugna orta est*?[181]

in ultimō āgmine, nōn meī servī armātī sed servī Milōnis *rixam commīsērunt*.[182]

iter nōn sōlum necessārium sed etiam lēgitimum faciēbam. Milō scīvit mē Rōmam revenīre quod in senātū nōn fueram. erat tempus locusque ad insidiās! impetum in mē et factiōnem meum facere volēbat nē ad uxōrem meam revenīre nōn possem. mē ad Rōmam redīre nōlēbat.

---

[180] *tumultum*: commotion, uproar
[181] *pugna orta est*: a fight arosebegan
[182] *rixam commīsērunt*: made a charge

argūmentum mihi est. iterum iterumque occāsiōnēs ad mē *caedendum*[183] erant. nunc in viā Appiā tempus et occāsiō eī erat.

[183] *caedendī*: to slaughter

X ITER CLŌDIĪ II

Milō dīcet mē fugīsse. nōn fūgī. ex equō *dēsiluī*[184] et gladium meum *destrīnxi*[185] ut mē et meōs servōs ā telīs et audāciā inimīcī dēfenderem. Milōnem nōn timēbam; in viīs Rōmae factiōnes nostrī saepe pugnābant. pugnāre semper parātus sum.

ego et *comitēs*[186] pugnāvimus sed erant plūrēs servī Milōnis. XXX servī meum agmen sequēbantur.

---

[184] *ad mē caedendum*: to slaughter me
[185] *destrīnxi*: I drew
[186] *comitēs* ~ *amīcī*

sed Milō magnum *agmen*[187] servōrum *expedītōrum*[188] habuit. nōn erant puerī et ancillae. erant servī et gladiātōrēs gladiīs et telīs *cīnctī.*[189]

subitō ego *dolēbam*[190] quod gladiātor, Birria, gladium strīnxerat et *umerum*[191] meum vulnerāverat. umerum *rumpiā*[192] *trāiēcit.*[193] vulnerātus ad terram *cecīdī.*[194] meōs servōs contrā servōs Milōnis pugnantēs vīdī.

aliī vulnerātī et aliī mortuī in viā Appiā iacēbant. *complūrēs*[195] perterritī fugiēbant. ad *tumultum*[196] faciendum clāmāvī, "Milō, insidiātor horribilis, mortuus est! cadāver *cruentum*[197] videō!"

---

[187] *agmen*: line, column
[188] *expeditōrum* ~ *parātōrum pugnāre*
[189] *cīnctī* ~ *armātī*
[190] *dolēbam*: I was in pain
[191] *umerum*: shoulder
[192] *rumpiā*: Thracian spear-sword
[193] *trāiēcit*: pierced, stabbed through
[194] *cecīdī*: I fell
[195] complūrēs ~ *multī*
[196] *tumultum*: commotion, uproar
[197] *cruentum* ~ *sanguineum*

cum servī meī hoc audīvissent, perterritī nōn iam erant. *agmen*[198] Milōnis caedēbant et vītās suās dēfendēbant. quod putābant dominum mortuum esse, nunc servī Milōnis etiam fugiēbant. mē vīvum relinquērunt.

spectāvī Milōnem perterritum *sē recipere*[199] et fugere. Birria cum aliō gladiātōre dominum secūtus est. vulnerātus et relictus in terrā iacēbam. toga mea sanguine rubra erat . . . . moriēbar.

argūmentum mihi est. Milō dīcet sē, prō salūte reī pūblicae, *gesta*[200] fēcisse. ego iter necessārium faciēbam. ante fundum meum *meō obviam factus est*[201] sed insidiās nōn collocāvī.

gladiātor, Birria, mē petīvit.

---

198 *agmen*: line, column
199 *sē recipere ~ revenīre*
200 *gesta ~ facta*
201 *obviam factus est ~ convēnit*

ego meam vītam ā telīs et ab *audaciā*[202] inimīcōrum dēfendēbam. Milō et *agmen*[203] servōrum impetum in mē fēcērunt quod occāsiō tempusque eī erat. nōn prō rē pūblicā hoc fēcit, sed prō sē. insīdiās collocāvit quod mē mortuum voluit.

---

[202] *audaciā* ~ audacity, insolence
[203] *agmen*: line, column

XI PUBLIUS CLŌDIUS PULCHER

eram vir Rōmānus, quī nōn cōnsul sed praetor esse voluī. praetūram petēbam quod meō amīcō, Pompēiō, *studēbam.*[204] ego praetor *potestātem auctōritātemque*[205] habeam. populum Rōmānum dēfendere possim. nōn prō mē gesta faciam, sed prō salūte reī pūblicae.

dum praetūram petēbam, Milō, meus inimīcissimus, et Publius Plautius Hypsaeus et Quintus Metellus Scīpiō cōnsulātum petēbant.

---

[204] *studēbam*: I was supporting
[205] *potestātem auctōritātemque*: power and authority

quod Milō inimīcissimus meus fuit, ego competītōribus studēbam. virī meō amīcō, Pompēiō Magnō, etiam studuērunt.

et ego et Milō in viīs cum factiōnibus nostrīs pugnāvimus. erant multae occāsiōnēs ad occīdendum et caedendum. Rōma perīculōsa erat quod Milō gesta contrā rem pūblicam faciēbat. ad omne facinus parātus est. ego nihil *per vim*[206] fēcī, Milō omnia *per vim*.

in viīs Rōmae, clāmāveram et clāmāveram et clāmāveram mē cōnsulātum Milōnī *ēripere*[207] nōn posse sed vītam *ēripere* posse. clāmāveram Milōnem occīdendum. multum dīxī sed nōn multum fēcī. Milō mē nōn iūre sed iniūriā cecīdit.

nunc mea uxor, Fulvia, sine virō est. mea factiō est sine dominō.

---

[206] *per vim*: through violence
[207] *ēripi = ex + rapiō*

argūmentum mihi est. Cicerō ipse, ōrātor Rōmānus, habet aliam fābulam, quam narrāre vult. fābulam amīcissimī Milōnis habet, quī eum servāvit.

occīsusne sum iūre an iniūriā?

XII MARCUS TULLIUS CICERŌ

ō senātōrēs, stō ad vōs alloquendōs. custōdēs nōbīs habendī sunt quod factiō Clōdiī īratissima est. insidiātor superātus est! cōgnōscisne insidiātorem? Clōdius ad omne facinus parātus est. iterum iterumque insidiās parābat. cadāvera *cruenta*[208] in viīs iacentia vīdistis. horribile vīsū.

Milō Clōdium occīdit, sed Clōdius insidiās ad caedem faciendam collocāverat. via Appia longa est! sed ante suum fundum Clōdius latēbat.

---

[208] *cruenta ~ sanguinea*

nullīs *impedimentīs*,[209] sine uxōre erat. quid Milōnis nōn *impeditissimum* erat? cum āgmine magnō iter faciēbat. Milō et uxor raedā *vehēbantur*,[210] sed Clōdius equō erat.

cum servī Clōdiī impetum in agmen servōrum ancillārumque fēcissent, tempus necessārium Milōnī erat. quod *viātor*[211] ā *latrōne*[212] nōn semper occīsus est, nōn numquam etiam *latrō* ā viātōre occīditur. quamquam Clōdius parātus in *imparātōs*[213] erat, Milō nōn superātus est. Milō Clōdium iūre fēcit. hoc scis: insidiātorem iūre occīdī posse.

fābulās Milōnis et Clōdiī audīvistis. quid *censētis*?[214] iūre an iniūriā occīsus et? prō salūte reī pūblicae occīsus est quod contrā rem pūblicam gesta fēcit?

---

[209] *impedimentīs*: luggage
[210] *vehēbantur ~ ferēbantur (ferō, ferre)*
[211] *viātor ~ vir, quī iter facit*
[212] *latrōnēs ~ quī ab aliīs eripiunt*
[213] *imperātōs ~ nōn parātōs*
[214] *censētis ~ opīniōnis habētis*

quid censētis?

EPILOGUS: IŪRE AN INIŪRIĀ?

senātōrēs duodecim Milōnem condemnāvērunt, sex absolvērunt; equitēs tredecim Milōnem condemnāvērunt, quattor absolvērunt, tribūnī tredecim condemnāvērunt, trēs absolvērunt.

quamquam Milō amīcum, Cicerōnem, revocāre potuerat, Cicerō amīcum servāre nōn poterat. senātus Milōnem in exsilium mīsit et Milō Massiliam profectus est.

ASCONIUS' ACCOUNT

Oratio in Milōniānum Ciceronis (excerpts)

a.d. XIIII Kal. Febr. Milō Lānuvium,

ex quō erat *mūnicipiō*[215] et ubi tum dictātor,

profectus est

ad flāminem *prōdendum*[216]

posterā diē.

occurrit eī

circā hōram nōnam

Clōdius paulō ultrā Bovillās,

rediēns ab Arīciā;

erat autem allocūtus *decuriōnēs*[217] Arīcīnōrum.

---

215 *mūnicipiō*: town

216 *ad . . . prōdendum*: to appoint

217 *decuriōnēs*: town councilmen

vehēbātur Clōdius equō;

servī XXX ferē expedītī,

ut illō tempore mōs erat iter facientibus,

gladiīs cīnctī sequēbantur.

erant cum Clōdiō praetereā trēs comitēs eius,

ex quibus eques Rōmānus ūnus

C. Causinius Schola,

duo dē plēbe nōtī hominēs P. Pompōnius,

C. Clōdius.

Milō raeda vehebātur

cum uxōre Faustā,

fīlia L. Sullae dictātōris,

et M. Fūfiō familiārī suō.

sequēbātur eōs magnum servōrum agmen,

inter quōs gladiātōrēs quoque erant,

ex quibus duo nōtī

Eudāmus et Biria.

iī in ultimō āgmine *tardius*[218] euntēs

cum servīs P. Clōdī

rixam commīsērunt.

ad quem tumultum cum respexisset Clōdius

minitābundus,[219]

umerum eius Biria rumpīa trāiēcit.

inde cum *orta esset*[220] pugna,

plūrēs Milōniānī accurrērunt.

Clōdius vulnerātus

in tabernam proximam

in Bovillānō

dēlātus est.

Milō

ut cognōvit vulnerātum Clōdium,

cum

sibi perīculōsius illud etiam

vīvō eō

---

[218] *tardius*: slowly
[219] *minitābundus*: menacing
[220] *orta esset*: had arisen

futūrum intellegeret,

occīsō (eō)

autem magnum *sōlācium*[221] esset habitūrus,

etiam sī subeunda esset poena,

exturbārī[222] taberna iussit.

atque ita Clōdius latēns extractus est

multīsque vulneribus cōnfectus.

cadāver eius in viā relictum,

quia servī Clōdī aut occīsī erant aut

graviter *sauciī*[223] latēbant,

Sex. Taedius senātor,

quī forte ex rūre in urbem revertēbātur,

sustulit et

lectīcā suā Rōmam ferrī iussit;

ipse rūrsus eōdem

unde erat ēgressus

sē recēpit.

---

221 *sōlācium*: relief, consolation

222 *exturbārī*: to be dragged

223 *sauciī = vulnerātī*

perlātum est corpus Clōdī
ante prīmam noctis hōram,
īnfimaeque plēbis et servōrum maxima multitūdō
magnō *lūctū*[224] corpus
in ātriō domūs positum
circumstetit.

augēbat autem factī *invidiam*[225] uxor Clōdī Fulvia
quae
cum effūsa lāmentātiōne
vulnera eius ostendēbat.

maior
posterā diē lūce prīma
multitūdō eiusdem generis *cōnflūxit*,[226]
complūrēsque nōtī hominēs vīsī sunt.

eīsque hortantibus
vulgus *imperītum*[227] corpus nūdum ac calcātum,
sīcut in lectō erat positum,

---

224 *lūctū*: grief
225 *augēbat . . . invidiam*: was increasing the ill-will
226 *cōnflūxit*: flowed together
227 *imperītum*: unskilled

ut vulnera vidērī possent
in forum dētulit et
in rōstrīs posuit.

ibi prō *contiōne*[228] Plancus et Pompēius
qui competītōribus Milōnis studēbant
invidiam[229] Mīlōnī fēcērunt.

populus,
duce Sex. Clōdiō scrībā,
corpus P. Clōdī in cūriam intulit cremāvitque
subselliīs[230] et *tribūnālibus*[231] et mēnsīs et *cōdicibus librāriōrum*;[232]
quō igne et ipsa quoque cūriā incēndit,
et item Porcia basilica
quae erat eī iūncta *ambusta est.*[233]

---

[228] *contiōne*: assembly
[229] *invidiam*: ill-will, hatred
[230] *subsellīs*: benches
[231] *tribūnālibus*: platforms
[232] *cōdicibus librāriōrum*: secretary's ledgers
[233] *ambusta est*: was burned up

CICERO'S ACCOUNT

Prō Milōne X

X. 27. interim cum scīret Clōdius

—neque enim erat difficile scīre—

iter sollemne, lēgitimum, necessārium

ante diem xiii. kalendās Februāriās

Milōnī esse Lānuvium *ad* flāminem *prōdendum*,[234]

quod erat dictātor Lānuvī Milō,

Rōmā subitō ipse profectus prīdiē est,

ut ante suum fundum,

quod rē intellēctum est,

Milōnī insidiās conlocāret.

---

[234] *ad . . . prōdendum*: to appoint

atque ita profectus est,

ut *contiōnem turbulentam,*[235]

in quā eius furor *dēsīderātus est,*[236]

relinqueret,

quam

nisi *obīre*[237] facinoris locum

tempusque voluisset,

numquam relīquisset.

28. Milō autem

cum in senātū fuisset eō diē,

quoad[238] senātus est dīmissus,

domum vēnit;

calceōs et vestīmenta mūtāvit;

paulisper,

dum sē uxor (*ut fit*[239]) comparat,

commorātus est;

---

[235] *contiōnem turbulentum*: rowdy assembly
[236] *dēsīderātus est*: was desired
[237] *obīre*: to go to, appear at
[238] *quoad*: until
[239] *ut fit*: as it happens

dein(de) profectus id temporis

cum iam Clōdius,

sī quidem eō diē Rōmānī

ventūrus erat,

redīre potuisset.

ob viam fit[240] eī Clōdius,

expedītus, in equō,

nūllā raedā, nūllīs impedīmentīs;

nūllīs Graecīs comitibus,

ut solēbat;

sine uxōre,

quod numquam ferē:

cum hic insidiātor,

quī iter illud ad caedem faciendam apparāsset,

cum uxōre veherētur in raedā, paenulātus,

magnō et impeditō et *muliebrī*[241] ac dēlicātō ancillārum

puerōrumque comitātū.

---

[240] *ob viam fit*: he meets

[241] *muliebrī*: womanly

29. *fit ob viam*[242] Clōdiō

ante fundum eius

hōrā ferē ūndecima,

aut nōn multō *secus*.[243]

statim complūrēs cum tēlīs in hunc faciunt

dē locō superiōre impetum:

adversī raedārium occīdunt.

cum autem hic dē raedā

reiectā paenulā

dēsiluisset,

sēque ācrī animō dēfenderet,

illī

quī erant cum Clōdiō,

gladiīs ēductīs,

partim recurrere ad raedam,

ut ā tergō Milōnem adorīrentur;

partim,

quod hunc iam interfectum putārent,

caedere incipiunt eius servōs, quī post erant.

---

[242] *fit ob viam*: he met

[243] *secus*: otherwise

ex quibus

qui animō fidelī in dominum

et praesentī fuērunt,

partim occīsī sunt,

partim,

cum ad raedam pugnārī vidērent,

dominō succurrere prohibērentur,

(cum) Milōnem occīsum et ex ipsō Clōdiō

audīrent et rē vērā putārent,

fēcērunt id servī Milōnis

—dīcam enim apertē,

nōn *dērīvandī*[244] crīminis causā,

sed (dīcam) ut factum est—

nec imperante nec sciente

nec praesente dominō,

quod suōs quisque servōs in tālī rē facere voluisset.

---

[244] *dērīvandī*: of avoiding, diverting from

ASCONIUS' ACCOUNT

Oratio in Milōniānum Ciceronis (excerpts)

senātōrēs condemnāvērunt XII, absolvērunt VI;

equitēs condemnāvērunt XIII, absolvērunt IIII;

tribūnī aerāriī condemnāvērunt XIII, absolvērunt III.

vidēbantur nōn ignōrāsse iūdicēs,

    īnsciō Milōne,

initiō vulnerātum esse Clōdium,

sed *compererant*,[245]

    postquam vulnerātus esset,

iussū Milōnis occīsum (esse).

---

[245] *compererant*: they had found out for certain

Milō in exsilium Massiliam

intrā paucissimōs diēs

profectus est.

Bona eius

propter *āēris aliēnī*[246] magnitūdinem

sēmunciā[247] *vēniērunt*.[248]

246 *āēris aliēnī*: debt, another's money
247 *sēmunciā*: for a song
248 *vēniērunt*: they sold

INDEX VERBŌRUM

ā	from, away from
a.d (ante diem)	before the day
ab	from, away from
absolvērunt	they absolved
accidet	it will happen
accurrī	I hastened, ran to
ācrī	strong, fierce
ad	to, towards
ad alloquendōs	to address
ad caedem faciendam	to commit a murder
ad caedendum	to murder
ad dēfendendās	to defend
ad interficendum	to kill
ad occīdendum	to kill
ad pugnandum	to fight
aedīlis	aedile
agmen	column, line (subj./obj.)
āgmine	column, line
aliam	another, other (obj.)
aliī	another, other (subj.)
aliō	another, other
aliōs	another, others (obj.)
aliquid	something (subj./obj.)
alium	another, some (obj.)
alius	another, some (subj.)
allocūtūrum esse	will address

allocūtus est	he addressed
alloquor	I address
alterōs	one, others (obj.)
alterum	one, another (subj./obj.)
amīcissimus	closest friend (subj.)
amīcō	friend
amīcum	friend (obj.)
amīcus	friend (subj.)
ancilla	slave girl (subj.)
ancillae	slave girls (subj.)
ancillārumque	of slave girls
ancillāsque	slave girls (obj.)
animō	with spirit, mind
animō fīdelī	with a faithful mind, spirit
ante	before
ānxia	anxious (subj.)
anxiī	anxious (subj.)
ānxius	anxious (subj.)
argūmentum	argument
armātī	armed (subj.)
armātōs	armed (obj.)
attulērunt	they carried, brought
auctōritātem	authority (obj.)
auctōritātemque	and authority (obj.)
audaciā	audacity, insolence
audient	they will hear
audīverat	he/she/it had heard
audīvī	I heard
audīvissent	they (had) heard

audīvistis	you all herad
audīvit	he/she/it heard
aut	either, or
auxilium	help
bīs	twice
cadāver	(dead) body (subj./obj.)
cadāvera	(dead) bodies (subj./obj.)
cadentem	falling (obj.)
caede	murder
caedēbant	they were murdering
caedem	murder (obj.)
caedēs	murders (subj./obj.)
calcātum	shoed, wearing shoes (obj.)
calceōs	shoes (obj.)
caupōna	innkeeper (subj.)
caupōnam	innkeeper (obj.)
cavēte	beware! be careful!
cecīdērunt	they murdered
cecīdī	I murdered
cecīdit	he/she/it murdered
celeriter	quickly
censētis	do you think?
cīnctī	armed, bound (subj.)
cīnctus	armed, bound (subj.)
cingentur	they will be armed, bound
circā	around
clāmāntem	shouting (obj.)
clāmantēs	shouting (subj./obj.)
clāmāveram	I had shouted

clāmāvērunt	they shouted
clāmāvī	I shouted
clāmāvit	he/she/it shouted
Clōdiō mortuō	with Clodius dead
coepērunt	they began
cōgnōscisne	do you understand . . . ?
cōgnōsere	to understand
cōgnōvī	I understood
collocāre	to gather
collocāverat	he/she/it had placed, positioned
collocāvērunt	they placed, positioned
collocāvī	I placed, positioned
collocāvisse	had placed, positioned
collocāvistī	you placed, positioined
collocāvit	he/she/it placed, positioned
collocāvitne	did he/she/it place, position. . . ?
comitātū	company, retinue
comitātum	company, retinue (obj.)
comitēs	friends, companions (subj./obj.)
comitibus	friends, companions
commīserat	he/she/it had committed, made
commīsērunt	they committed, made
commīsit	he/she/it committed, made
committere	to commit, make
commorātī	we had delayed
comparābat	he/she/it was preparing
competītōrēs	competitors (subj./obj.)
competītōrī	competitor
competītōribus	competitors

complūrēs	many (subj./obj.)
conclāve	room
condemnāvērunt	they condemned
cōnfectus est	he/she/it was finished (off)
cōniēcit	he/she/it threw, hurled
coniūrātiōnem	conspiracy (obj.)
cōnsul	consul (subj.)
cōnsulātum	consulship (obj.)
cōnsulibus	consuls
contrā	against
convēnērunt	they gathered
convēnimus	we gathered
corpora	bodies (subj./obj.)
corpus	body (subj./obj.)
cremāvērunt	they burned
cremāvit	he/she/it burned
cruenta	bloody, gory (subj./obj.)
cruentum	bloody, gory (subj./obj.)
cum	with, when
cūr	why
cūrant	they care (for)
cūrāre	to care for
custōdēs	guards (subj./obj.)
dē	about, concerning, down from
deciēns	10 times
decuriōnēs	Decuriones, councillors
dēfenda est	it must be defended
dēfendēbam	I was defending
dēfendēbant	they were defending

dēfendēbatne	was he/she/it defending . . . ?
dēfendere	to defend
dēfenderem	I might defend
dēfenderent	they could defend
dēfenderet	he/she/it could defend
dēfendērunt	they defended
dēfendimus	we defended
dēfendō	I defend
deinde	then
dēlātus est	he was carried
dēsiluī	I jumped down
dēstrīnxērunt	they drew
destrīnxī	I drew
destrīnxit	he/she/it drew
dīcēbāmus	we were saying
dīcēbat	he/she/it was saying
dīcet	he/she/it will say
dīcit	he/she/it says
dictātor	dictator (subj.)
dictūrum esse	will say
diem	day (obj.)
difficile	difficult (subj./obj.)
dīmissus est	it was dismissed
dīxeram	I had said
dīxerat	he/she/it had said
dīxērunt	they said
dīxī	I said
dīximus	we said
dixisse	had said

dīxisset	he/she/it had said
dīxit	he/she/it said
dolēbam	I was in pain
domī	at home, in his/her/heir home
domibus	in their homes
dominō	lord, master
dominum	lord, master (obj.)
dominus	lord, master (subj.)
domō	from, away from home
domum	to, toward home
domūs	of the home
dormiēbam	I was sleeping
dormiēbāmus	we were sleeping
ducēbant	they were leading
ducerent	they may lead
dūcit	he/she/it leads
dum	while
duo	two
duodecim	twelve
ē	out of, from
eam	her (obj.)
ego	I (subj.)
eī	him/her
eīs	them
eius	his/her/its
eō diē	on this day
eō diē	on this day
eques	knight, equestrian (subj./obj.)
equīs	horses

equitēs	knights, equestrians (subj./obj.)
equō	horse
eram	I was
erāmus	we were
erant	they were
erantne	were they . . . ?
erat	he/she/it was
ēripere	to take away
ēripī	I took away
erit	he/she/it will be
erunt	they will be
es	you are
esse	to be
essem	I was
essēmus	we were
essent	they were
esset	he/she/it was
est	he/she/it is
estne	is he/she/it . . . ?
et	and
etiam	also
ex	out of, from
expedītī	lightly armed (subj.), prepared to fight
expedītōrum	of the lightly armed, prepared to fight
expedītus	lightly armed (subj.), prepared to fight
exsiliō	exsile
exsilium	exsile (obj.)

extrā	beyond
extrāxērunt	they dragged (out)
fābula	story (subj.)
fābulam	story (obj.)
fābulās	stories (obj.)
facere	to make, do
facerent	they might make, do
faceret	he/she/it might make, do
faciam	I will make, do
faciēbam	I was making
faciēbant	they were making
faciēbat	he/she/it was making
faciendum est	it must be done, made
facient	they will make
facientēs	making (subj./obj.)
facientibus	for those making
facinore	crime
facinoris	of the crime
facinus	crime (subj./obj.)
facta est	it had been committed, done
factiō	faction, group (subj.)
factiōne	faction, group
factiōnem	faction, group (obj.)
factiōnes	factions, groups (subj./obj)
factiōnī	faction, group
factiōnibus	factions, groups
familiāris	close friend
fēcerat	he/she/it had made, done
fēcērunt	they made, did

fēcī	I made, did
fēcisse	to have made, done
fēcissent	they made, did
fēcit	he/she/it made, did
fēlīcēs	lucky, fortunate (subj./obj.)
fēmina	woman (subj.)
fēminās	women (obj.)
ferē	barely
ferendum erat	must be brought, carried
ferēns	carrying, bringing (subj.)
ferre	to carry, bring
ferte	carry! bring!
flagrāntem	burning (obj.)
flagrāret	it may burn
flagrāvērunt	they burned
flāmen	priest (subj.)
flēbam	I was weeping, crying
flentem	weeping, crying (obj.)
flēvī	I wept, cried
forō	Forum
fortēs	brave, strong (subj./obj.)
forum	Forum
fueram	I had been
fuerāmus	we had been
fuerant	they had been
fuerat	he/she/it had been
fuērunt	they were
fūgerant	they had fled
fugere	to flee

fugerent	they fled
fūgērunt	they fled
fūgī	I fled
fugiēbant	they were fleeing
fugīsse	to have fled
fūgit	he/she/it fled
fuit	he/she/it was
fundō	farm
fundum	farm (obj.)
fundus	farm (subj.)
futūrum esse	will be
gesta	deeds, actions
gladiātor	gladiator (subj.)
gladiātōre	gladiator
gladiātōrēs	gladiators (subj./obj.)
gladiīs	with swords
gladiō	with a sword
gladiōs	swords (obj.)
gladium	sword (obj.)
habeam	I would have
habēbit	he/she/it will have
habendī sunt	these must be had
habeō	I have
habēre	to have
habērem	I might have
habērent	they might have
habet	he/she/it has
habuērunt	they had
habuī	I had

habuimus	we had
habuit	he/she/it had
haec	this, these (subj./obj.)
hoc	this (subj./obj.)
hōc	this
hōrā	hour
hōram	hour (obj.)
horribile	horribile (subj./obj.)
horribile vīsū	horrible to see
horribilī	horribile
horribilis	horribile (subj.)
horribilissimus	most horrible (subj.)
hortantibus	by encouraging them
hostibus	enemies
iacēbam	I was lying
iacēbant	they were lying
iacēns	lying (subj.)
iacentia	lying (subj./obj.)
iacit	he/she/it lies
iam	now
id	this (subj./obj.)
igne	with fire
illō tempore	at that time
imparātōs	unprepared (obj.)
impedimentīs	with luggage
impeditissimum	most loaded down , weighed down
impedītum	loaded down, weighed down
imperāvī	I commanded, ordered

impetum	attack (obj.)
impetūs	attacks (obj.)
imposuīt	he/she/it put
in	in, on
in ultimō āgimine	in the back of the column, line
incendērunt	they burned
incēndit	he/she/it burned
ineptus	foolish (subj.)
inimīcī	enemies (subj.), of an enemy
inimīcōrum	of enemies
inimīcīs	enemies
inimīcissimus	greatest enemy (subj.)
inimīcissmum	greatest enemy (obj.)
inimīcō	to enemy
inimīcōs	enemies (obj.)
inimīcus	enemy (subj.)
iniūriā	by injustice
innocentēs	innocent (subj./obj.)
inquit	he/she/it said
insidiae	ambush, treachery (subj.)
insidiās	ambush, treachery (obj.)
insidiātor	someone in ambush, waylayer (subj.)
insidiātōrem	someone in ambush, waylayer (obj.)
insidiātōrēs	someone in ambush, waylayer (subj./obj.)
insidiīs	ambushes, treacheries
inspexissem	I had looked at, seen
intellegēmus	we understand

intellegere	to understand
intellegerent	they might understand
intellegō	I understand
intellēxī	I understood
inter	among, between
interfector	murderer (subj.)
interfectōre	murderer
interfectōrēs	murderer (subj./obj.)
interfectum esse	was killed
intrāverant	they had entered
intrāvērunt	they entered
intulerint	they carried, brought
intulērunt	they carried (in), brought (in)
intulit	he/she/it carried (in), brought (in)
inūsitātem	unusual, uncommon (obj.)
ipse	he himself (subj.)
ipsum	he himself (obj.)
īrātī	angry (subj.)
īratissima	most angry (subj.)
īrātum	angry (obj.)
īratus	angry (subj.)
is	this (subj.)
ista	that (subj.)
istum	that (obj.)
iter	journey (subj./obj.)
iterum	again
iterum iterumque	again and again
itinera	journies (subj./obj.)

itinere	journey
iūdicēs	judges (subj./obj.)
iūre	justly
iūrene an iniūriā . . . ?	justly or unjustly . . . ?
īvērunt	they went
īvit	he/she/it went
latēbant	they were hiding, lying in wait
latēbat	he/she/it was hiding, lying in wait
latent	they hide, lie in wait
latentēs	hiding, lying in wait
latēre	to hide, lie in wait
latrō	thief (subj.)
latrōne	thief
latrōnēs	thieves (subj./obj.)
latuerat	he/she/it had hidden, laid in wait
latuērunt	they hid, laid in wait
latuit	he/she/it hid, laid in wait
lectīca	litter (subj.)
lectīcā	on a litter
lectīcam	litter (obj.)
lectō	on a bed
lectum	bed (obj.)
lēgitimō	legitimate
lēgitimum	legitimate (obj.)
locō	place
locum	place (obj.)
locusque	and a place

longa	long (subj./obj.)
longum	long (subj./obj.)
lūce prīma	at first light
lūce prīmā	at first light
magistrātūs	(political) offices (subj./obj.)
magnam	great, large (obj.)
magnās	great , large (obj.)
magnō	great, large
magnum	great, large (obj.)
maxima	greatest, largest (subj./obj.)
mē	me (obj.)
mē recēpī	I took myself back , I returned
mea	my (subj./obj.)
meā	my
meam	my (obj.)
mēcum	with me
meī	my (subj.)
meīs	my
meō	my
meōs	my (obj.)
meum	my (obj.)
meus	my (subj.)
mihi	to/for me, my
mīserat	he/she/it had sent
mīsī	I sent
mīsisse	to have sent, had sent
mīsit	he/she/it sent
mittere	to send
mitterent	they may send

mitteret	he/she/it may send
morī	to die
moriēbar	I was dying
moriuntur	they die
mortuī	dead (subj.)
mortuīs	to/for the dead
mortuōs	dead (obj.)
mortuum	dead (obj.)
mortuus	dead (subj.)
mos	custom
multa	many (subj./obj.)
multae	many (subj.)
multī	many (subj.)
multīs	by many
multitūdō	crowd, mob (subj.)
multōs	many (obj.)
multum	many (obj.)
mūtābat	he/she/it was changing
mūtārem	I may change
narrāre	to tell
narrāret	he may tell
nē	lest, so . . . not
nec	and not
necāre	to kill
necessāriō	necessary
necessārium	necessary (subj./obj.)
neque	and not
nihil	nothing (subj./obj.)
nihil malī	nothing of evil, nothing bad

nōbīs	to/for us
nōbīscum	with us
noctis	of night
nōlēbam	I was not wanting
nōlēbat	he/she/it was not wanting
nōlī	don't . . .!
nōlō	I do not want
nōluērunt	they did not want
nōluī	I did not want
nōmen	name (subj./obj.)
nōmine	by the name
nōn	not
non iam	no longer
nōnam	ninth
nōs	we/us (subj./obj.)
nostra	our (subj./obj.)
nostrī	our (subj.)
nostrum	our (obj.)
nōtī	famous, well-known (subj.)
nōtissimī	most famous, well-known (subj.)
nōtissimos	most famous, well-known (obj.)
nōtissimum	most famous, well-known (obj.)
nōtissimus	most famous, well-known (subj.)
nōtōs	famous, well-known (obj.)
nōtus	famous, well-known (subj.)
nūdum	naked, nude (obj.)
nullī	no (subj.)
nullīs	with no
nullōs	no (obj.)

numquam	never
nunc	now
ō	o!
ob	on account of
obviam	in the way, meet
obviam factus est	he met
occāsiō	occasion (subj.)
occāsiōnēs	occasions (subj./obj.)
occīdēbant	they were killing
occīdent	they will kill
occīdērunt	they killed
occīdī	I killed
occīdit	he/she/it killed
occīditur	he/she/it is killed
occīduntur	they are killed
occīsērunt	they killed
occīsī erant	they had been killed
occīsī sunt	they killed
occīsō	with him killed
occīssusne sum	was I killed . . . ?
occīsus est	he was killed
occīsusne	was he killed . . . ?
occurrimus	we met
omne	all, every (subj./obj.)
omnēs	all, every (subj./obj.)
omnia	all, every (subj./obj.)
omnibus	to all, everyone
oppida	towns (subj./obj.)
oppidānum	townsperson (obj.)

oppidō	town
oppidum	town (subj./obj.)
ōrātor	orator (subj.)
orta est	it began, arose
ostendērunt	they showed
ostendī	I showed
paenulātus	cloaked (subj.)
parābant	they were preparing
parābat	he/she/it was preparing
parandum est	it must be prepared
parāre	to prepare
parātī sumus	we were prepared
parātī sunt	they were prepared
parātum esse	was prepared
parātus est	he/she/it was prepared
parātus fuerat	he/she/it had prepared
parātus sum	I was prepared
parāverat	he/she/it had prepared
parāvistī	you had prepared
parāvit	he/she/it prepared
paulō	a little
per	through
per vim	through violence
perferentem	carrying, bringing (obj.)
perfert	he/she/it carries, brings
perferte	carry! bring!
perīculōsa	dangerous (subj./obj.)
perīculōsior	more dangerous (subj.)
perīculōsiōrem	more dangerous (obj.)

perīculōsissima	most dangerous (subj./obj.)
perīculōsissimum	most dangerous (subj./obj.)
perīculōsius	more dangerous (obj.)
perīculōsum	dangerous (subj./obj.)
perīculōsus	dangerous (subj.)
perterritī	scared (subj.)
perterritum	scared (obj.)
perterritus	scared (subj.)
pertulerant	they had carried, brought
pertulit	he/she/it carried, brought
pessimī	the worst (subj.)
pessimum	the worst (obj.)
pessimus	the worst (subj.)
petēbam	I was seeking, attacking
petēbant	they were seeking, attacking
petēbat	he/she/it was seeking, attacking
petere	to seek, attack
petīvērunt	they sought, attacked
petīvī	I sought, attacked
petīvit	he sought, attacked
plēbēs	plebians (subj./obj.)
plēbis	of plebians
plūrēs	many (subj./obj.)
poena	punishment
populī	people (subj.)
populō	people
populum	people (obj.)
posse	to be able
possem	I may be able to

possent	they may be able to
posset	he/she/it may be able to
possim	I might be able to
possit	he/she/it might be able to
possunt	they are able to
post	after
posterō diē	on the next day
postquam	after
poteram	I was able
poterāmus	we were able
poterant	they were able
poterat	he/she/it was able
poterimus	we will be able
potestātem	power (obj.)
potuerat	he/she/it had been able
praeteriēbat	he/she/it was passing by
praeteriimus	we passed by
praeteriverimus	we passed by
praetor	praetor
praetūram	praetorship (obj.)
prīmam	first (obj.)
prō	on behalf of, for
prō salūte	for the health
prōdendus est	he must be appointed
profectī sumus	we set off
profectī sunt	they set off
profectus est	he set off
prohibērentur	they were prohibited, kept from
prope	near

proximam	nearest (obj.)
puerī	boys (subj.)
puerōs	boys (obj.)
pugna	fight (subj.)
pugnābant	they were fighting
pugnāns	fighting (subj.)
pugnant	they fight
pugnantēs	fighting (subj./obj.)
pugnāre	to fight
pugnārent	they might fight
pugnāvērunt	they fought
pugnāvimus	we fought
pugnet	he/she/it will fight
pulcher	beautiful (subj.)
pulchrī	beautiful (subj.)
putābant	they were thinking
putantēs	thinking (subj./obj.)
putāvī	I thought
putāvit	he/she/it thought
quā	by/with which
quae	which (subj./obj.)
quam	than
quamquam	although
quās	which (obj.)
quattor	four (subj./obj.)
quem	whom (obj.)
quī	who (subj.)
quid	what . . . ?
quis	who . . . ?

quod	because, which
quōrum	whose
quōs	which (obj.)
raeda	carriage (subj.)
raedā	carriage
raedam	carriage (obj.)
raedārium	carriage driver (obj.)
raedārius	carriage driver (subj.)
rē pūblicā	republic
rē pūblicā	republic
rē vērā	certainly
rectē	correctly
recurrere	to run back, return
recurrērunt	they ran back, returned
recurrī	I ran back, returned
redībō	I will go back, return
rediēbam	I was going back, returning
rediēbat	he/she/it was going back, returning
redientem	going back, returning (obj.)
redīre	to go back, return
redīrem	I may go back, return
redīvī	I went back, returned
reī pūblicae	of the republic
reī pūblicae	of the republic
reiectā paenulā	with the cloak having been thrown down, after the cloak was thrown down

reiectā paenulā	with the cloak thrown down, after the cloak was thrown down
relictum	abandoned (subj./obj.)
relictus	abandoned (subj.)
relinquere	to abandon
relinquērunt	they abandoned
relinquit	he/she/it abandoned
rem pūblicam	republic (obj.)
rem pūblicam	republic (obj.)
remōverent	they might remove
rēspiciēns	looking back (subj.)
respondī	I responded
revenīre	to return
reventūrum esse	will return
revertēbar	I was turn back
revertī	I turned back
revocāre	to call back
revocāremus	we may call back
revocāret	he/she/it may call back
revocāverat	he/she/it had called back
rixam	charge (obj.)
rogāvī	I asked
rostrīs	on the rostrum
rubra	red (subj./obj.)
rubrae	red (subj.)
rubram	red (obj.)
rumpiā	with a spear
rūre	from the country

rūrī	in the country
rūs	country
saepe	often
sanguine	with blood
sciēns	knowing (subj.)
sciō	I know
scis	you know
sciunt	they know
scīvī	I knew
scīvit	he/she/it knew
sē	himself/herself/itself
sē recipere	to take himself back, to return
secūtī sint	they should follow
secūtī sint	they should follow
secūtus est	he followed
secūtus sit	he/she/it should follow
sed	but
semel	once
semper	always
senātor	senator (subj.)
senātōrem	senator (obj.)
senātōrēs	senators (subj./obj.)
senātōrī	senator
senātōribus	senators
senātū	senate
senātuī	to the senate
senātum	senate (obj.)
senātus	senate (subj.)
sequēbantur	they were following

sequere	follow!
sequētur	he/she/it will follow
servāre	to save
servāverat	he/she/it had saved
servāvit	he/she/it saved
servī	slaves (subj.)
servīs	slaves
servōrum	of the slaves
servōs	slaves (obj.)
sex	six
sī	if
sīc	thus
sine	without
sōlācium	relief, consolation
sōlī	alone (subj.)
sollemne	sollemn (subj./obj.)
sōlum	alone, only (subj./obj.)
spectantēs	watching (subj./obj.)
spectāvērāmus	we had watched
spectāvī	I watched
spectāvit	he/she/it watched
stēterāmus	we had stood
stetērunt	they stood
stētī	I stood
stō	I stand
strīnxerat	he/she/it had drawn
studēbam	I was supporting
studēbant	they were supporting
studēbat	he/she/it was supporting

studeō	I support
studēre	to support
studet	he/she/it supports
studuērunt	they supported
studuit	he/she/it supported
suam	her/its own (obj.)
suās	her/its own (obj.)
subeunda est	it must be undergone
subitō	suddenly
succurrere	to help, aid
succurrī	I helped, aided
suīs	his/her/its own
sum	I am
sumus	we are
sunt	they are
superātus est	it was overcome
superāvisse	to have overcome
superāvisset	he/she/it overcame, had overcome
superiōre	higher
sustulit	he/she/it raised
suum	his/her/its own (obj.)
taberna	inn (subj.)
tabernā	inn
tabernae	of the inn
tabernam	inn (obj.)
tam	so
tē	you (obj.)
tectō	roof

telīs	spears
telō	with a spear
tempore	at that time
tempus	time (subj./obj.)
tempusque	and time
tergō	from behind
terra	land (subj.)
terrā	land
terram	land (obj.)
timēbam	I was afraid (of), I feared
timēbant	they were afraid (of), feared
timēbat	he/she/it was afraid (of), feared
timēns	afraid, fearing (subj.)
timēre	to be afraid, fear
timuī	I was afraid, feared
toga	toga (subj.)
togae	togas (subj.)
togam	toga (obj.)
togātus	togaed, wearing a toga (subj.)
trāiēcī	I pierced
trāiēcit	he/she/it pierced
trāiectus est	he/she/it was pierced
tredecim	thirteen
trēs	three
tribūnī	tribunes (subj.)
tribūnus	tribune (subj.)
tribus	three
tū	you (subj.)
tumultum	commotion, uproar (obj.)

tuus	your (subj.)
ubi	where, when
ultimō āgmine	(in) the back of the line
ultrā	beyond
umerō	in the shoulder
umerum	shoulder (obj.)
ūndecimā	eleventh
ūnum	one (subj./obj.)
ūnus	one (subj.)
urbe	city
urbem	city (obj.)
urbs	city (subj.)
ut	that, so that
utrum . . . an . . . ?	whether . . . or . . . ?
uxor	wife (subj.)
uxōre	wife
uxōrem	wife (obj.)
valdē	very
vecta est	she was carried away
vehēbantur	they were carried
vehēbar	I was carried
vehēmur	we are carried
vellet	he/she/it want
vestīmenta	clothing (subj./obj.)
vestīmentīs mūtātīs	with my clothes having been changed, after I changed my clothes
vēxērunt	they carried
via	road, way (subj.)

viā	road, way
viās	roads, ways (obj.)
viātor	traveler (subj.)
viātōre	traveler
vīdens	seeing (subj.)
videō	I see
vidēre	to see
vidērem	I may see
vidērent	they may see
vidētisne	do you all see . . . ?
vīdī	I saw
vīdimus	we saw
vidissent	they had seen, saw
vīdistis	you all saw
viīs	streets
vir	man (subj.)
virī	men (subj.)
virīs	to/for men
virō	man
virōrum	of men
virōs	men (obj.)
virum	man (obj.)
vita	life (subj.)
vītam	life (obj.)
vītās	lives (obj.)
vīvō eō	with him alive
vīvum	alive (obj.)
vīvus	alive (subj.)
vōbis	to/for you all

volēbam	I was wanting
volēbant	they were wanting
volēbat	he/she/it was wanting
volō	I want
voluērunt	they wanted
voluī	I wanted
voluit	he/she/it wanted
vōs	you all (subj./obj.)
vōs recipite	take yourself back! return!
vulgō	crowd
vulgum	crowd (obj.)
vulgus	crowd (subj.)
vulnera	wounds (subj./obj.)
vulnerātī	wounded (subj.)
vulnerātī erant	they had been wounded
vulnerātī sumus	we were wounded
vulnerātīs	wounded
vulnerātōs	wounded (obj.)
vulnerātum (esse)	had been wounded
vulnerātus	wounded (subj.)
vulnerātus est	he was wounded
vulnerāverat	he/she/it had been wounded
vulneribus	with wounds
vult	he/she/it wants

ABOUT THE AUTHOR

Emma Vanderpool graduated with a Bachelor of Arts degree in Latin, Classics, and History from Monmouth College in Monmouth, Illinois and a Master of Arts in Teaching in Latin and Classical Humanities from the University of Massachusetts Amherst. She now happily teaches Latin in Massachusetts.

Made in the USA
Monee, IL
26 August 2022